白话遇见古诗文

凌君 主编

建设出版社
·北京·

图书在版编目（CIP）数据

白话遇见古诗文 / 凌君主编 . -- 北京 : 民主与建设出版社，2025.1. -- ISBN 978-7-5139-4824-1

Ⅰ. I206.2

中国国家版本馆 CIP 数据核字第 20240Y6W43 号

白话遇见古诗文

BAIHUA YUJIAN GU SHIWEN

主　　编　凌　君
责任编辑　顾客强
封面设计　创巢视觉
出版发行　民主与建设出版社有限责任公司
电　　话　（010）59417749　59419778
社　　址　北京市朝阳区宏泰东街远洋万和南区伍号公馆 4 层
邮　　编　100102
印　　刷　金世嘉元（唐山）印务有限公司
版　　次　2025 年 1 月第 1 版
印　　次　2025 年 1 月第 1 次印刷
开　　本　870 毫米 ×1220 毫米　1/32
印　　张　6
字　　数　77 千字
书　　号　ISBN 978-7-5139-4824-1
定　　价　59.80 元

白话和古诗文，哪一句惊艳了你？

在生活中，我们一般使用现代文，爱说大白话，也爱说流行语。我们不时吐槽，有讲不完的段子，以及随时会被轰炸的表情包。我们习惯了直白地表达情绪、情感，似乎已经很久没有和人优雅地聊天了。其实，如今很红的流行语早被古人用过，而且他们用得比我们出色很多。当我们熟悉的现代流行语“翻译”成古诗文后，美了不止一个层次。

当我看到晚霞下的湖光山色，会禁不住赞叹：“太美了，绝了！”古人则会悠然吟道：“落霞与孤鹜齐飞，秋水共长天一色。”

到了毕业季，我们给同学的留言可能只一句“后会有期”，古人则挥毫泼墨:“海内存知己，天涯若比邻。无为在歧路，儿女共沾巾。”

我们表达思念时，或许会直接在微信发送:“想你了，真的好想！”古人却能以“衣带渐宽终不悔，为伊消得人憔悴”将思念表达得缠绵悱恻。

…………

学会了这些，是不是感觉自己能出口成章了呢？白话变成古诗文，不仅仅是语言的转换，更是文化与情感的跨越。它让我们在快节奏的现代生活中，得以窥见古人那份从容不迫、含蓄深沉的美，它也提醒我们，即便是在这个信息爆炸的时代，依然可以拥有一份静谧与雅致，去欣赏、去感悟生活中的每一份美好。

目　录

Contents

纸短情长

白话 我喜欢你，你却不知道。

古诗文 山有木兮木有枝，心悦君兮君不知。

白话 咱俩真有默契。

古诗文 身无彩凤双飞翼，心有灵犀一点通。

白话 想谈一场永不分手的恋爱。

古诗文 愿得一心人，白头不相离。

白话 因为曾经遇见过你，其他人都成了将就。

古诗文 曾经沧海难为水，除却巫山不是云。

白话 你知不知道我很想你?

古诗文 玲珑骰子安红豆，入骨相思知不知?

白话 爱不动了。

古诗文 从此无心爱良夜，任他明月下西楼。

白话 单恋是一场独角戏。

古诗文 落花有意随流水，流水无情恋落花。

白话 希望你懂我的心。

古诗文 换我心，为你心，始知相忆深。

白话 她就是我喜欢的人。

古诗文 邂逅相遇，适我愿兮。

白话 你一直在我心里。

古诗文 中心藏之，何日忘之。

白话 走，去领证。

古诗文 生死契阔，与子成说。

白话 一眼万年。

古诗文 去年今日此门中，人面桃花相映红。

白话 有些人，一旦错过就不再。

古诗文 此情可待成追忆，只是当时已惘然。

白话 平平淡淡才是真。

古诗文 琴瑟在御，莫不静好。

白话 一见钟情。

古诗文 金风玉露一相逢，便胜却人间无数。

白话 想你了，真的好想！

古诗文 衣带渐宽终不悔，为伊消得人憔悴。

白话 想你想得睡不着。

古诗文 相思相见知何日？此时此夜难为情。

白话 没有在对的时间遇到对的人。

古诗文 君生我未生，我生君已老。

白话 我们越来越陌生了。

古诗文 只恐重逢，明明相视更无语。

白话 你有二心了，咱俩结束了。

古诗文 闻君有两意，故来相决绝。

白话 删好友吧。

古诗文 此后锦书休寄，画楼云雨无凭。

白话 爱你没有尽头。

古诗文 思君如流水，何有穷已时。

白话 以后各走各的，没必要再联系。

古诗文 从此音尘各悄然，春山如黛草如烟。

白话 和你在一起，超甜超开心。

古诗文 得成比目何辞死，愿作鸳鸯不羡仙。

白话 我们正处在暧昧阶段。

古诗文 东边日出西边雨，道是无晴却有晴。

白话 既然不爱了，那就算了吧。

古诗文 反是不思，亦已焉哉！

白话 你站着不说话，就十分美好。

古诗文 回头忍笑阶前立，总无语，也依依。

白话 爱人结婚了，新郎不是我。

古诗文 侯门一入深如海，从此萧郎是路人。

白话 人生不易，且行且珍惜。

古诗文 花开堪折直须折，莫待无花空折枝。

白话 今天结婚啦！

古诗文 欢娱在今夕，嬿婉及良时。

白话 我肯定不变心。

古诗文 蒲苇纫如丝，磐石无转移。

白话 异地也不会影响我们的感情。

古诗文 两情若是久长时，又岂在朝朝暮暮。

白话 在所有人事已非的景色里，我最喜欢你。

古诗文 人面不知何处去，桃花依旧笑春风。

白话 我很想你。

古诗文 思君如满月，夜夜减清辉。

白话 他好像离我越来越远了。

古诗文 相见争如不见，有情何似无情。

白话 我们就走到这里吧。

古诗文 相濡以沫，不如相忘于江湖。

白话 我还是放不下她。

古诗文 直道相思了无益，未妨惆怅是清狂。

白话 我一直不敢跟你告白。

古诗文 沅有芷兮澧有兰，思公子兮未敢言。

白话 白头偕老，永不分离。

古诗文 鸳鸯交颈期千岁，琴瑟谐和愿百年。

白话 亲爱的，我今天的妆容怎么样？

古诗文 妆罢低声问夫婿，画眉深浅入时无？

白话 朋友走了，我心里空落落的。

古诗文 孤帆远影碧空尽，唯见长江天际流。

白话 后会有期。

古诗文 海内存知己，天涯若比邻。

白话 我跟好朋友性格互补。

古诗文 和羹之美，在于合异。

白话 不是亲人胜似亲人。

古诗文 结交在相知，骨肉何必亲。

白话 熟人很多，知己太少。

古诗文 相识满天下，知心能几人？

白话 我一定会好好报答你的。

古诗文 感君恩重许君命，太山一掷轻鸿毛。

白话 我真的很佩服你。

古诗文 高山仰止，景行行止。

白话 发达了，别忘记老朋友。

古诗文 苟富贵，无相忘。

白话 可把你盼来了。

古诗文 今宵剩把银釭照，犹恐相逢是梦中。

白话 友情在于平淡，不在于酒肉之欢。

古诗文 君子之交淡若水，小人之交甘若醴。

白话 咱们小时候玩得多好呀。

古诗文 同居长干里，两小无嫌猜。

白话 他虽然说话直，但我知道他是为我好。

古诗文 良药苦口利于病，忠言逆耳利于行。

白话 远亲不如近邻。

古诗文 明月好同三径夜，绿杨宜作两家春。

白话 距离都是浮云，交情才是王道。

古诗文 相知无远近，万里尚为邻。

白话 我跟你统一战线。

古诗文 岂曰无衣？与子同袍。

白话 感情深，一口闷。

古诗文 浅酒欲邀谁劝，深情惟有君知。

白话 一晃，我们这么多年没见了。

古诗文 人生不相见，动如参与商。

白话 交朋友不要太势利。

古诗文 人生贵相知，何必金与钱？

白话 交友贵在交心，其他不重要。

古诗文 人生交契无老少，论交何必先同调。

白话 时代在变，友情不变。

古诗文 人生结交在终始，莫为升沉中路分。

白话 知音难求。

古诗文 若有知音见采，不辞遍唱阳春。

白话 你是我一生的朋友。

古诗文 山河不足重，重在遇知己。

白话 有你这个朋友，值了。

古诗文 生不愿封万户侯，但愿一识韩荆州。

白话 虽然各自在生活中打拼，但我们的友情始终没变。

古诗文 桃李春风一杯酒，江湖夜雨十年灯。

白话 朋友之间就要互相帮助。

古诗文 投我以木瓜，报之以琼琚。

白话 出来喝一杯?

古诗文 晚来天欲雪，能饮一杯无?

白话 我始终与你同在。

古诗文 我寄愁心与明月，随君直到夜郎西。

白话 相聚即是有缘，让我们不醉不归。

古诗文 幸遇三杯酒好，况逢一朵花新。

白话 君子之交淡如水。

古诗文 友如作画须求淡，山似论文不喜平。

白话 真正的朋友，即使不联系，也不会忘记。

古诗文 与君远相知，不道云海深。

白话 不要以讨好的方式去交朋友。

古诗文 人生交分耻苟合，贵以道义久可要。

白话 人以群分。

古诗文 门内有君子，门外君子至。

白话 你的朋友就是我的朋友。

古诗文 友友之友，仇友之仇，是为厚友。

白话 爸妈不容易。

古诗文 哀哀父母，生我劬劳。

白话 孩子大了就飞走了。

古诗文 惨惨柴门风雪夜，此时有子不如无。

白话 家庭和睦。

古诗文 父慈子孝，兄友弟恭。

白话 要为孩子以后打算。

古诗文 父母之爱子，则为之计深远。

白话 我妈肯定也想我了。

古诗文 故园今夜里，应念未归人。

白话 老人在的时候好好孝顺，比啥都强。

古诗文 祭而丰，不如养之薄也。

白话 对父母报喜不报忧。

古诗文 低徊愧人子，不敢叹风尘。

白话 别跟爸妈硬碰硬。

古诗文 又敬不违，劳而不怨。

白话 成长的速度，赶不上父母老去的速度。

古诗文 树欲静而风不止，子欲养而亲不待。

白话 再也没人等我回家了。

古诗文 霜殒芦花泪湿衣，白头无复倚柴扉。

白话 母爱的利息，我一辈子都付不完。

古诗文 谁言寸草心，报得三春晖。

白话 养儿方知父母恩。

古诗文 当时父母念，今日尔应知。

白话 父母长辈对我影响很大。

古诗文 新竹高于旧竹枝，全凭老干为扶持。

白话 兄弟之间闹归闹，关键时肯定力挺。

古诗文 兄弟阋于墙，外御其务。

白话 爸妈年纪大了，我却不能陪在他们身边。

古诗文 萱草生堂阶，游子行天涯。

白话 钱包空荡荡，想家泪汪汪。

古诗文 欲归未得怅空囊，儿女相思泪数行。

白话 下辈子还做兄弟。

古诗文 与君世世为兄弟，更结来生未了因。

白话 快跟我说说家里的八卦。

古诗文 君自故乡来，应知故乡事。

白话 爷爷盼着我回去。

古诗文 野老念牧童，倚杖候荆扉。

白话 刚回家的时候，我妈是稀罕我的。

古诗文 爱子心无尽，归家喜及辰。

白话 母爱无私。

古诗文 慈母爱子，非为报也。

白话 我想离家近一些。

古诗文 父母在，不远游，游必有方。

逆旅行人

白话 好好学习，天天向上。

古诗文 少年辛苦终身事，莫向光阴惰寸功。

白话 台上一分钟，台下十年功。

古诗文 博观而约取，厚积而薄发。

白话 年轻不努力，老来泪两行。

古诗文 黑发不知勤学早，白首方悔读书迟。

白话 好玉需雕琢，人才要打磨。

古诗文 故木受绳则直，金就砺则利。

白话 拒绝伤感，大胆去做。

古诗文 人生亦有命，安能行叹复坐愁？

白话 年轻人，做自己。

古诗文 少无适俗韵，性本爱丘山。

白话 那些杀不死我的，终将使我更强大。

古诗文 不经一番寒彻骨，怎得梅花扑鼻香。

白话 悄悄努力，然后惊艳所有人。

古诗文 名不显时心不朽，再挑灯火看文章。

白话 站得高，看得远。

古诗文 欲穷千里目，更上一层楼。

白话 骄傲使人落后。

古诗文 莫道君行早，更有早行人。

白话 阳光总在风雨后。

古诗文 追风赶月莫停留，平芜尽处是春山。

白话 不去做，永远也不会成功。

古诗文 路虽迩，不行不至；事虽小，不为不成。

白话 生命不息，奋斗不止。

古诗文 路曼曼其修远兮，吾将上下而求索。

白话 成长是一场与自己的较量。

古诗文 苟日新，日日新，又日新。

白话 年龄只是数字，豪情依旧放肆。

古诗文 酒酣胸胆尚开张。鬓微霜，又何妨！

白话 我若盛开，蝴蝶自来。

古诗文 桃李不言，下自成蹊。

白话 岁月匆匆，且学且珍惜。

古诗文 少年易老学难成，一寸光阴不可轻。

白话 只要思想不滑坡，办法总比困难多。

古诗文 千磨万击还坚劲，任尔东西南北风。

白话 不努力，就啥也不是。

古诗文 人生在勤，不索何获？

白话 跟对人，走对路。

古诗文 良禽择木而栖，贤臣择主而事。

白话 困难是人生的常态。

古诗文 人生如逆旅，我亦是行人。

白话 成长是一场爆改。

古诗文 士别三日，即更刮目相待。

白话 我的青春结束了。

古诗文 狎兴生疏，酒徒萧索，不似少年时。

白话 越长大，越孤单。

古诗文 等闲老去年华促，只有江梅伴幽独。

白话 成长就是把哭声调成静音的过程。

古诗文 欲说还休，却道天凉好个秋。

白话 太有才也是一种罪过。

古诗文 莫嫌举世无知己，未有庸人不忌才。

白话 一身本事无处使，感觉自己被“封印”了。

古诗文 虚负凌云万丈才，一生襟抱未曾开。

白话 站在人生的岔路口，感觉往左是坑，往右也是坑。

古诗文 行路难！行路难！多歧路，今安在？

白话 选择困难症犯了。

古诗文 歧路之中又有歧焉，吾不知所之，所以反也。

白话 别在一个选择上死磕。

古诗文 穷则变，变则通，通则久。

白话 成长就是不断发现以前的自己无知的过程。

古诗文 实迷途其未远，觉今是而昨非。

白话 我就是我，颜色不一样的烟火。

古诗文 何须论得丧？才子词人，自是白衣卿相。

白话 世间只有我清醒。

古诗文 举世皆浊我独清，众人皆醉我独醒。

白话 问题不大。

古诗文 卒然临之而不惊，无故加之而不怒。

白话 人生没有撤回键。

古诗文 盛年不重来，一日难再晨。

白话 往事如尘，扬了它。

古诗文 弃我去者，昨日之日不可留。

白话 翻篇了，咱向前看。

古诗文 悟已往之不谏，知来者之可追。

白话 要学会对不喜欢的人和事说“不”。

古诗文 安能摧眉折腰事权贵，使我不得开心颜。

白话 我还是从前那个少年，没有一丝丝改变。

古诗文 镜里流年两鬓残，寸心自许尚如丹。

白话 我的热爱，至死不渝。

古诗文 亦余心之所善兮，虽九死其犹未悔。

白话 只要心态好，青春永不倒。

古诗文 老骥伏枥，志在千里；烈士暮年，壮心不已。

白话 身居陋室，志在报国。

古诗文 僵卧孤村不自哀，尚思为国戍轮台。

白话 自己选的路，跪着也要走完。

古诗文 穷且益坚，不坠青云之志。

白话 净瞎扯些没用的。

古诗文 可怜夜半虚前席，不问苍生问鬼神。

白话 刚冒个头，就被按下去了。

古诗文 一封朝奏九重天，夕贬潮州路八千。

白话 人倒霉的时候，放屁都砸脚后跟。

古诗文 屋漏偏逢连夜雨，船迟又遇打头风。

白话 干啥啥不行，倒霉第一名。

古诗文 欲渡黄河冰塞川，将登太行雪满山。

白话 每天搬砖累成狗，别人潇洒住高楼。

古诗文 苦恨年年压金线，为他人作嫁衣裳。

白话 灵魂渴望自由，身体却在搬砖。

古诗文 长恨此身非我有，何时忘却营营。

白话 不是在上班，就是在去上班的路上。

古诗文 鸡鸣入机织，夜夜不得息。

白话 搬砖人，搬砖魂，搬砖都是人上人。

古诗文 不受苦中苦，难为人上人。

白话 物质的穷人，精神的富人。

古诗文 君子忧道不忧贫。

白话 起得比鸡早，睡得比狗晚。

古诗文 晨兴理荒秽，带月荷锄归。

白话 只要卷不死，就往死里卷。

古诗文 鞠躬尽瘁，死而后已。

白话 摸会儿鱼再说。

古诗文 因过竹院逢僧话，偷得浮生半日闲。

白话 何以解忧，唯有退休。

古诗文 何时得遂田园乐，睡到人间饭熟时。

白话 打工累成狗，还得独自扛下所有。

古诗文 昼夜勤作息，伶俜萦苦辛。

白话 卷又卷不动，躺又躺不平。

古诗文 世路无穷，劳生有限，似此区区长鲜欢。

白话 上班的路总是艰难的。

古诗文 嗟余听鼓应官去，走马兰台类转蓬。

白话 今天上班，明天上班，这样的日子何时是个头！

古诗文 俗务相仍何日了，纷纷百绪千头。

白话 起早贪黑累成狗。

古诗文 退衙归逼夜，拜表出侵晨。

白话 啥时候才能退休啊！

古诗文 几时归去，作个闲人。

白话 我的压力就像雪球，越滚越大。

古诗文 抽刀断水水更流，举杯销愁愁更愁。

白话 别想那么多了，干饭要紧！

古诗文 弃捐勿复道，努力加餐饭。

白话 远离尘世喧嚣，开启神仙模式。

古诗文 何当脱屣谢时去，壶中别有日月天。

白话 下班不积极，思想有问题。

古诗文 痴儿了却公家事，快阁东西倚晚晴。

白话 格局打开，都是浮云。

古诗文 蜗牛角上争何事，石火光中寄此身。

白话 生活总要继续。

古诗文 夜半听鸡梳白发，天明走马入红尘。

白话 请相信美好的事情正在发生。

古诗文 律回岁晚冰霜少，春到人间草木知。

白话 事情没有你想象的那么糟糕，别跟自己过不去。

古诗文 天下本无事，庸人扰之为烦耳。

白话 开启养老模式，闲事勿扰。

古诗文 晚年惟好静，万事不关心。

白话 佛系躺平，爱咋咋地。

古诗文 世事浮云何足问，不如高卧且加餐。

白话 今天搬砖不狠，明天地位不稳。

古诗文 业精于勤，荒于嬉；行成于思，毁于随。

白话 出走半生，归来仍是少年。

古诗文 万里归来颜愈少，微笑，笑时犹带岭梅香。

白话 人生就像一道多选题，怎么选都可能有遗憾。

古诗文 人有悲欢离合，月有阴晴圆缺，此事古难全。

白话 宝宝不开心，宝宝要躺平。

古诗文 君言不得意，归卧南山陲。

白话 不想上班，只想摆烂。

古诗文 几时抛俗事，来共白云闲。

白话 苦日子啥时候才是个头啊！

古诗文 艰难苦恨繁霜鬓，潦倒新停浊酒杯。

白话 拒绝被工作洗脑。

古诗文 但愿老死花酒间，不愿鞠躬车马前。

白话 既要又要还要。

古诗文 插脚红尘已是颠，更求平地上青天。

白话 生而为人，我很倔强。

古诗文 富贵不能淫，贫贱不能移，威武不能屈，此之谓大丈夫。

白话 每天复盘一下，让自己不断升级。

古诗文 君子博学而日参省乎己，则知明而行无过矣。

白话 万丈高楼平地起。

古诗文 不积跬步，无以至千里；不积小流，无以成江海。

白话 只要肯努力，啥时候都不晚。

古诗文 北海虽赊，扶摇可接；东隅已逝，桑榆非晚。

白话 不怕困难像老虎，就怕自己像懒猪。

古诗文 天下事以难而废者十之一，以惰而废者十之九。

白话 成长的路上，谁还没交过几个“学费”。

古诗文 经一蹶者长一智，今日之失，未必不为后日之得。

白话 小场面，莫慌。

古诗文 泰山崩于前而色不变，麋鹿兴于左而目不瞬。

白话 和过去说拜拜，向未来问声好。

古诗文 从前种种，譬如昨日死；从后种种，譬如今日生。

白话 死磕到底。

古诗文 锲而舍之，朽木不折；锲而不舍，金石可镂。

白话 上班的心情比上坟还沉重。

古诗文 王事适我，政事一埤益我。……天实为之，谓之何哉！

白话 看破了，不卷了。

古诗文 而今老矣，识破关机。算不如闲，不如醉，不如痴。

白话 过去有多风光，现在就有多凉凉。

古诗文 记得金銮同唱第，春风上国繁华。如今薄宦老天涯。

物换星移

白话 我为什么没赶上好时光？

古诗文 重见太平身已老，桃源久住不能归。

白话 从细节看出变化。

古诗文 世变文字异，岁久苔藓蚀。

白话 世界变化快，宜躺平。

古诗文 世间行乐亦如此，古来万事东流水。

白话 时代的车轮滚滚向前。

古诗文 燕子经年梦，梧桐昨暮非。

白话 咸吃萝卜淡操心。

古诗文 生年不满百，常怀千岁忧。

白话 繁华过后，鸡飞狗跳。

古诗文 荣华东流水，万事皆波澜。

白话 曾经繁华，如今沉寂。

古诗文 南朝四百八十寺，多少楼台烟雨中。

白话 英雄不再来。

古诗文 舞榭歌台，风流总被，雨打风吹去。

白话 周瑜真是太能战了。

古诗文 羽扇纶巾，谈笑间，樯橹灰飞烟灭。

白话 一起回忆峥嵘岁月。

古诗文 四十三年，望中犹记，烽火扬州路。

白话 金戈铁马，雪夜出征。

古诗文 楼船夜雪瓜洲渡，铁马秋风大散关。

白话 时间，你慢点走。

古诗文 叹隙中驹，石中火，梦中身。

白话 时代变化太快了，好像梦一场。

古诗文 似黄粱梦，辞丹凤，明月共，漾孤篷。

白话 网红街也过时了。

古诗文 向之所欣，俯仰之间，已为陈迹。

白话 我与岁月一起变老。

古诗文 宜其渥然丹者为槁木，黟然黑者为星星。

白话 时光如流水，物是人已非。

古诗文 闲云潭影日悠悠，物换星移几度秋。

白话 岁月是把杀猪刀。

古诗文 吴宫花草埋幽径，晋代衣冠成古丘。

白话 三十年河东，三十年河西。

古诗文 旧时王谢堂前燕，飞入寻常百姓家。

白话 长江后浪推前浪。

古诗文 人事有代谢，往来成古今。

白话 光阴似箭，转眼间我们都已长大。

古诗文 流光容易把人抛，红了樱桃，绿了芭蕉。

白话 人去楼空，徒添惆怅。

古诗文 黄鹤一去不复返，白云千载空悠悠。

白话 走着走着，人就散了。

古诗文 年年岁岁花相似，岁岁年年人不同。

白话 昔日繁华盛景，如今寂寞街道。

古诗文 宫女如花满春殿，只今惟有鹧鸪飞。

白话 山川仍在，人已变老。

古诗文 青山依旧在，几度夕阳红。

白话 以前神仙日子，现在……

古诗文 流水落花春去也，天上人间。

白话 历史的车轮永不停息，而有些风景却从未改变。

古诗文 人生代代无穷已，江月年年只相似。

白话 新人上位，旧人落泪。

古诗文 但见新人笑，那闻旧人哭。

白话 时间的洪流滚滚向前。

古诗文 无边落木萧萧下，不尽长江滚滚来。

白话 冬天到了，春天还会远吗?

古诗文 沉舟侧畔千帆过，病树前头万木春。

白话 细节决定成败。

古诗文 差若毫厘，谬以千里。

白话 有规则的自由才是真自由。

古诗文 不以规矩，不能成方圆。

白话 好运气和坏运气交替转换。

古诗文 祸兮福之所倚，福兮祸之所伏。

白话 经济基础决定上层建筑。

古诗文 仓廪实则知礼节，衣食足则知荣辱。

白话 别小看正义的力量。

古诗文 得道多助，失道寡助。

白话 磨刀不误砍柴工。

古诗文 工欲善其事，必先利其器。

白话 饭要一口一口吃，路要一步一步走。

古诗文 千里之行，始于足下。

白话 去掉滤镜看世界。

古诗文 好而知其恶，恶而知其美。

白话 不要道德绑架别人。

古诗文 己所不欲，勿施于人。

白话 表里不一的人不受待见。

古诗文 君子疾夫舍曰欲之而必为之辞。

白话 好人不拱火。

古诗文 君子成人之美，不成人之恶。小人反是。

白话 君子睡得好，凡人才焦虑。

古诗文 君子坦荡荡，小人长戚戚。

白话 运动变化是常态。

古诗文 流水不腐，户枢不蠹。

白话 做人别太傲。

古诗文 满招损，谦受益。

白话 多看别人的长处。

古诗文 三人行，必有我师焉。

白话 行动以前多动脑。

古诗文 三思而后行。

白话 人要有远见和危机意识。

古诗文 生于忧患而死于安乐。

白话 外来的和尚好念经。

古诗文 他山之石，可以攻玉。

白话 团结力量大。

古诗文 天时不如地利，地利不如人和。

白话 聚散都是为了钱。

古诗文 天下熙熙，皆为利来；天下攘攘，皆为利往。

白话 时间过得太快了。

古诗文 人生天地之间，若白驹之过隙，忽然而已。

白话 别困在过去。

古诗文 成事不说，遂事不谏，既往不咎。

白话 大佬也会掉链子，菜鸟也有逆袭时。

古诗文 圣人千虑，必有一失；愚人千虑，必有一得。

白话 不到最后一刻绝不松懈。

古诗文 慎终如始，则无败事。

白话 对的时候，做对的事情。

古诗文 春生、夏长、秋收、冬藏，天之正也。

白话 选好赛道，赢得先手。

古诗文 近水楼台先得月，向阳花木易为春。

白话 一切都是最好的安排。

古诗文 草木本无意，荣枯自有时。

白话 地球离了谁都能转。

古诗文 天行有常，不为尧存，不为桀亡。

白话 人得有大局观。

古诗文 不畏浮云遮望眼，只缘身在最高层。

白话 当局者迷，旁观者清。

古诗文 不识庐山真面目，只缘身在此山中。

白话 实践出真知。

古诗文 纸上得来终觉浅，绝知此事要躬行。

白话 只要一直走，总能找到路。

古诗文 山重水复疑无路，柳暗花明又一村。

白话 我们常常只看到事物的片面部分。

古诗文 横看成岭侧成峰，远近高低各不同。

白话 人要终身学习。

古诗文 问渠那得清如许？为有源头活水来。

白话 万物各有优缺点，人也一样。

古诗文 梅须逊雪三分白，雪却输梅一段香。

白话 难得糊涂。

古诗文 水至清则无鱼，人至察则无徒。

白话 反转再反转，事情都有两面性。

古诗文 塞翁失马，焉知非福。

白话 在逆境中也要看到可能的转机与希望。

古诗文 失之东隅，收之桑榆。

白话 说话做事有分寸，别让人误会。

古诗文 瓜田不纳履，李下不正冠。

白话 树大招风。

古诗文 功高成怨府，权盛是危机。

白话 别做井底之蛙。

古诗文 临高始见人寰小，对远方知色界空。

白话 运筹帷幄很重要。

古诗文 多算胜，少算不胜，而况于无算乎。

白话 推己及人，做个好人。

古诗文 老吾老，以及人之老；幼吾幼，以及人之幼。

白话 人心齐，泰山移。

古诗文 二人同心，其利断金；同心之言，其臭如兰。

白话 随大流容易，独立思考难。

古诗文 孤举者难起，众行者易趋。

白话 奖惩机制应彻底执行。

古诗文 赏罚不信，则禁令不行。

白话 不要等到口渴了才去挖井。

古诗文 居安思危，思则有备，有备无患。

白话 不打没有准备的仗。

古诗文 凡事预则立，不预则废。

白话 管理者应以身作则。

古诗文 其身正，不令而行；其身不正，虽令不从。

白话 小团体不利于团结。

古诗文 君子周而不比，小人比而不周。

白话 从细节做起。

古诗文 勿以恶小而为之，勿以善小而不为。

白话 看得远了，心也宽了。

古诗文 明日登峰须造极，渺观宇宙我心宽。

白话 旧的不去，新的不来。

古诗文 海日生残夜，江春入旧年。

白话 生生不息。

古诗文 野火烧不尽，春风吹又生。

白话 孤掌难鸣。

古诗文 若言琴上有琴声，放在匣中何不鸣？

白话 打铁还需自身硬。

古诗文 居高声自远，非是藉秋风。

白话 人生无常。

古诗文 天高地迥，觉宇宙之无穷。兴尽悲来，识盈虚之有数。

白话 唯一不变的是变化本身。

古诗文 日月如磨蚁，万事且浮休。君看檐外江水，滚滚自东流。

白话 没有十全十美的事物。

古诗文 尺有所短，寸有所长；物有所不足，智有所不明。

白话 佛系人生，顺其自然。

古诗文 宠辱不惊，闲看庭前花开花落；去留无意，漫随天外云卷云舒。

白话 不在一个频道上。

古诗文 井蛙不可以语于海者，拘于虚也；夏虫不可以语于冰者，笃于时也。

白话 智慧体现在反常规、反套路。

古诗文 智用于众人之所不能知，而能用于众人之所不能见。

白话 堡垒总是从内部攻破。

古诗文 灭六国者，六国也，非秦也。族秦者，秦也，非天下也。

白话 抓住主要矛盾，一击必中。

古诗文 挽弓当挽强，用箭当用长。射人先射马，擒贼先擒王。

白话 管理者切忌劣币驱逐良币。

古诗文 亲贤臣，远小人，此先汉所以兴隆也；亲小人，远贤臣，此后汉所以倾颓也。

白话 是金子总会发光，但也需要有人把它从土里挖出来。

古诗文 世有伯乐，然后有千里马。千里马常有，而伯乐不常有。

白话 把宝马当拖拉机用，浪费。

古诗文 骏马能历险，力田不如牛。坚车能载重，渡河不如舟。舍长以就短，智者难为谋。

白话 用人制度决定人才优劣。

古诗文 推贤之风不立，滥举之法不改，则南郭先生之徒盈于朝矣。

白话 吃亏是福。

古诗文 上善若水。水善利万物而不争，处众人之所恶，故几于道。

白话 稳住心态，才能赢到最后。

古诗文 夫君子之行，静以修身，俭以养德，非淡泊无以明志，非宁静无以致远。

白话 做人要有大局观。

古诗文 不谋万世者，不足谋一时；不谋全局者，不足谋一域。

白话 用对人，走对路。

古诗文 故善战者，求之于势，不责于人，故能择人而任势。

诗与远方

白话 时间太快，理想太慢。

古诗文 日月掷人去，有志不获骋。

白话 世界那么大，我想去看看。

古诗文 五岳寻仙不辞远，一生好入名山游。

白话 生活既要柴米油盐，也要诗和远方。

古诗文 开荒南野际，守拙归园田。

白话 只要心态好，哪里都是巴厘岛。

古诗文 若无闲事挂心头，便是人间好时节。

白话 人没有理想，和咸鱼有什么区别。

古诗文 涸辙遗鲋，旦暮成枯；人而无志，与彼何殊。

白话 天助自助者。

古诗文 天行健，君子以自强不息。

白话 强者恒强。

古诗文 生当作人杰，死亦为鬼雄。

白话 我可一战！

古诗文 会挽雕弓如满月，西北望，射天狼。

白话 小小的身体，大大的理想。

古诗文 须弥藏芥子，芥子纳须弥。

白话 是金子就一定会发光！

古诗文 天生我材必有用，千金散尽还复来。

白话 正道之光。

古诗文 大学之道，在明明德，在亲民，在止于至善。

白话 身在闹市，心宽自然宁静。

古诗文 问君何能尔？心远地自偏。

白话 我要飞得更高。

古诗文 俱怀逸兴壮思飞，欲上青天揽明月。

白话 少年自有少年狂。

古诗文 少年心事当拏云，谁念幽寒坐呜呃。

白话 厚积薄发，一鸣惊人。

古诗文 大鹏一日同风起，扶摇直上九万里。

白话 不达目的不罢休。

古诗文 黄沙百战穿金甲，不破楼兰终不还。

白话 为了国家，冲啊！

古诗文 捐躯赴国难，视死忽如归！

白话 英雄永垂不朽！

古诗文 身既死兮神以灵，魂魄毅兮为鬼雄。

白话 国家利益高于一切。

古诗文 苟利国家生死以，岂因祸福避趋之。

白话 理想随着岁月化为泡影。

古诗文 塞上长城空自许，镜中衰鬓已先斑。

白话 为了祖国，生死无惧。

古诗文 投躯报明主，身死为国殇。

白话 为国捐躯，无怨无悔。

古诗文 愿得此身长报国，何须生入玉门关。

白话 舍生取义。

古诗文 人生自古谁无死，留取丹心照汗青。

白话 男子汉，不要㞞。

古诗文 男儿何不带吴钩，收取关山五十州。

白话 为国战死，不求身后事，但求心安理得。

古诗文 只解沙场为国死，何须马革裹尸还。

白话 要像英雄那样，为国守边疆。

古诗文 但使龙城飞将在，不教胡马度阴山。

白话 小人物也有爱国心。

古诗文 位卑未敢忘忧国，事定犹须待阖棺。

白话 关键时刻见真章。

古诗文 时危见臣节，世乱识忠良。

白话 先国后家。

古诗文 未收天子河湟地，不拟回头望故乡。

白话 干一票大的，扬名立万。

古诗文 了却君王天下事，赢得生前身后名。

白话 我不看重过去的成功，未来还能奋斗。

古诗文 三十功名尘与土，八千里路云和月。

白话 我跟你们这些咸鱼不一样。

古诗文 仰天大笑出门去，我辈岂是蓬蒿人。

白话 我的理想是平步青云。

古诗文 一鸣从此始，相望青云端。

白话 时刻等待机遇。

古诗文 金鳞岂是池中物，一遇风云便化龙。

白话 小人物也有力量。

古诗文 天下兴亡，匹夫有责。

白话 关注社会，关注民生。

古诗文 先天下之忧而忧，后天下之乐而乐。

白话 放纵不羁爱自由。

古诗文 我本楚狂人，凤歌笑孔丘。

白话 正义出击！

古诗文 青云衣兮白霓裳，举长矢兮射天狼。

白话 天地广阔，豪气万丈。

古诗文 星垂平野阔，月涌大江流。

白话 最美不过夕阳红。

古诗文 莫道桑榆晚，为霞尚满天。

白话 英雄气概震山河！

古诗文 我自横刀向天笑，去留肝胆两昆仑。

白话 别小看我，我有远大志向。

古诗文 燕雀安知鸿鹄之志哉！

白话 折戟沉沙，壮志难酬。

古诗文 出师未捷身先死，长使英雄泪满襟。

白话 先搞事业，再谈归期。

古诗文 浊酒一杯家万里，燕然未勒归无计。

白话 成年人的世界没有“容易”二字。

古诗文 江头未是风波恶，别有人间行路难。

白话 不想当将军的士兵不是好士兵。

古诗文 王侯将相，宁有种乎？

白话 我已看淡一切，只管自己的诗和远方。

古诗文 乃翁依旧管些儿，管竹管山管水。

白话 像云一样自由，也是极好的。

古诗文 浮云出处元无定，得似浮云也自由。

白话 心有多大，舞台就有多大。

古诗文 海阔凭鱼跃，天高任鸟飞。

白话 躺平最自由。

古诗文 绿杨芳草春风岸，高卧横眠得自由。

白话 运气也是实力的一部分。

古诗文 时来天地皆同力，运去英雄不自由。

白话 出门走走就开心。

古诗文 出门一笑，月落江横，数峰天远。

白话 无事一身轻。

古诗文 官散殊无事，身闲甚自由。

白话 独自美丽。

古诗文 野鹿自由性，孤鸿不就群。

白话 此地不留爷，自有留爷处。

古诗文 此身天地一虚舟，何处江山不自由。

白话 不断攀登，只为看见不一样的风景。

古诗文 鸿鹄一再高举，天地睹方圆。

白话 登高望远。

古诗文 登高望四海，天地何漫漫。

白话 世界那么大，我只是路过。

古诗文 人生天地间，忽如远行客。

白话 宇宙浩瀚无垠，我如微光点点。

古诗文 天地一浮云，此身乃毫末。

白话 我只是个不太显眼的人。

古诗文 寄蜉蝣于天地，渺沧海之一粟。

白话 不是世界小，而是心眼小。

古诗文 莫嫌天地少含弘，自是人心多褊窄。

白话 前途未卜。

古诗文 月明星稀，乌鹊南飞。绕树三匝，何枝可依？

白话 宇宙悠远漫长，人生不过百年。

古诗文 宇宙一何悠，人生少至百。

白话 水面波光粼粼的，真美。

古诗文 湖上风来波浩渺。秋已暮、红稀香少。

白话 喝多了，感觉自己上天了。

古诗文 醉后不知天在水，满船清梦压星河。

白话 漂泊在外，身不由己。

古诗文 征蓬出汉塞，归雁入胡天。

白话 松弛感满满。

古诗文 此时情绪此时天，无事小神仙。

白话 城里套路深，我要回农村。

古诗文 久在樊笼里，复得返自然。

白话 独领风骚，碾压全场。

古诗文 待到秋来九月八，我花开后百花杀。

白话 曾经我也是个王者，可惜时运不济。

古诗文 力拔山兮气盖世，时不利兮骓不逝。

白话 虽然离开一线，但还可以默默守护。

古诗文 落红不是无情物，化作春泥更护花。

白话 忙碌半生，一事无成。

古诗文 日归功未建，时往岁载阴。

白话 死后万事空。

古诗文 千秋万岁后，荣名安所之？

白话 国家有难，而我却无能为力。

古诗文 济时敢爱死，寂寞壮心惊。

白话 天下英雄都到这里来！

古诗文 周公吐哺，天下归心。

白话 借力打力，成就自己。

古诗文 故九万里则风斯在下矣，而后乃今培风；背负青天而莫之夭阏者，而后乃今将图南。

白话 年轻不拼搏，老了空流泪。

古诗文 百川东到海，何时复西归？少壮不努力，老大徒伤悲。

白话 头可断，血可流，气节不能丢。

古诗文 千锤万凿出深山，烈火焚烧若等闲。粉骨碎身浑不怕，要留清白在人间。

白话 立大志，明大德，成大才，担大任。

古诗文 为天地立心，为生民立命，为往圣继绝学，为万世开太平。

白话 我的征程是星辰大海。

古诗文 日月之行，若出其中；星汉灿烂，若出其里。

白话 梦想还是要有的，万一实现了呢。

古诗文 朝为田舍郎，暮登天子堂。将相本无种，男儿当自强。

白话 坚持自我，决不妥协。

古诗文 花开不并百花丛，独立疏篱趣未穷。宁可枝头抱香死，何曾吹落北风中。

白话 天大地大，何处展抱负?

古诗文 前不见古人，后不见来者。念天地之悠悠，独怆然而涕下。

沿途风光

白话 轻风一吹，河面波光粼粼的。

古诗文 微微风簇浪，散作满河星。

白话 树叶都落了，我也该回去了。

古诗文 枫林凋晚叶，关河迥，楚客惨将归。

白话 又是一个夕阳西下，江面上映出了红色。

古诗文 一道残阳铺水中，半江瑟瑟半江红。

白话 春风陆陆续续地把花吹开了。

古诗文 春风先发苑中梅，樱杏桃梨次第开。

白话 月亮和山相互映衬着。

古诗文 山称明月好，月出遍山明。

白话 沙漠里的太阳落山了！

古诗文 大漠孤烟直，长河落日圆。

白话 荷花在阳光下红得抢镜头！

古诗文 接天莲叶无穷碧，映日荷花别样红。

白话 秋风起，衣袂飘飘，红叶伴舞，溪边乐翻天。

古诗文 九月霜风吹客衣，溪头红叶傍人飞。

白话 啊，路好远！

古诗文 莫愁千里路，自有到来风。

白话 春风夜入怀，梨花仙子下凡来。

古诗文 忽如一夜春风来，千树万树梨花开。

白话 这雨真大！

古诗文 黑云翻墨未遮山，白雨跳珠乱入船。

白话 莺儿叽叽喳喳把春唠，春波撞岸似醉猫。

古诗文 城上风光莺语乱，城下烟波春拍岸。

白话 一起去春游啊！

古诗文 春城儿女纵春游，醉倚层台笑上楼。

白话 风雨不足惧。

古诗文 竹杖芒鞋轻胜马，谁怕？一蓑烟雨任平生。

白话 我真是太喜欢兰花了。

古诗文 兰溪春尽碧泱泱，映水兰花雨发香。

白话 我到处流浪，四海为家。

古诗文 人生到处知何似？应似飞鸿踏雪泥。

白话 哇！这也太美了吧！

古诗文 日出江花红胜火，春来江水绿如蓝。

白话 这片森林好安静。

古诗文 树深时见鹿，溪午不闻钟。

白话 太美了，绝了！

古诗文 落霞与孤鹜齐飞，秋水共长天一色。

白话 你看，这雪下得可真大！

古诗文 应是天仙狂醉，乱把白云揉碎。

白话 用春天的水煮茶，悠然自得。

古诗文 山中何事？松花酿酒，春水煎茶。

白话 大城夕阳景挺棒，偏偏有人在感伤。

古诗文 高城满夕阳，何事欲沾裳。

白话 田园生活真美好啊！

古诗文 漠漠余香着草花，森森柔绿长桑麻。

白话 人与青山相互欣赏。

古诗文 我见青山多妩媚，料青山见我应如是。

白话 天蒙蒙，晨雾笼云涛。

古诗文 天接云涛连晓雾，星河欲转千帆舞。

白话 待客很大方，鸡鸭鱼肉管够！

古诗文 莫笑农家腊酒浑，丰年留客足鸡豚。

白话 秋天树叶落了。

古诗文 水绕陂田竹绕篱，榆钱落尽槿花稀。

白话 晚上下起了大雪。

古诗文 迎醉面，暮雪飞花，几点黛愁山暝。

白话 桃花，流水，还有鱼。

古诗文 西塞山前白鹭飞，桃花流水鳜鱼肥。

白话 冬至好冷，我想家了。

古诗文 异乡冬至又今朝，回首家山入梦遥。

白话 午夜听雨，清晨卖花。

古诗文 小楼一夜听春雨，深巷明朝卖杏花。

白话 随心所去，所见皆是美景。

古诗文 飞烟俱净，天山共色。从流飘荡，任意东西。

白话 好山好水好风光。

古诗文 山水相和碧色鲜，中间飞阁插云端。

白话 荷花刚冒尖，蜻蜓就抢地盘，比抢红包还快。

古诗文 小荷才露尖尖角，早有蜻蜓立上头。

白话 山里没有鸟，路上没有人。

古诗文 千山鸟飞绝，万径人踪灭。

白话 乌鸦占树为王，小桥流水旁，温馨小屋添风光。

古诗文 枯藤老树昏鸦，小桥流水人家。

白话 太阳下山了，黄河直奔大海而去。

古诗文 白日依山尽，黄河入海流。

白话 快看，好壮观的瀑布！

古诗文 飞流直下三千尺，疑是银河落九天。

白话 美景虽好，可惜天色已晚。

古诗文 夕阳无限好，只是近黄昏。

白话 可真是桂林山水中的奇峰啊！

古诗文 桂林山水奇八九，独秀峰尤冠其首。

白话 秋天的童话世界。

古诗文 碧云天，黄叶地，秋色连波，波上寒烟翠。

白话 河两岸的游人太多了！

古诗文 堤上游人逐画船，拍堤春水四垂天。

白话 月亮照在江面上好亮！

古诗文 风月清江夜，山水白云朝。

白话 快乐到飞起来！

古诗文 乘风好去，长空万里，直下看山河。

白话 雨过天晴。

古诗文 秋雨一何碧，山色倚晴空。

白话 我看到庐山瀑布啦！

古诗文 今古长如白练飞，一条界破青山色。

白话 你看那山上的白云。

古诗文 山中何所有，岭上多白云。

白话 巫山好美，高耸入云。

古诗文 碧丛丛，高插天，大江翻澜神曳烟。

白话 阳光照耀着小溪。

古诗文 石浅水潺湲，日落山照曜。

白话 远处那一波又一波涌来的海浪直往天上拍。

古诗文 万里昆仑谁凿破，无边波浪拍天来。

白话 江水好清，霞光照耀在上面像彩绸。

古诗文 余霞散成绮，澄江静如练。

白话 冬天的梅花开了。

古诗文 墙角数枝梅，凌寒独自开。

白话 秋天是个多风的季节。

古诗文 秋风吹不尽，总是玉关情。

白话 好多星星啊！

古诗文 溪涨清风拂面，月落繁星满天。

白话 夏天来了，石榴花开了。

古诗文 别院深深夏席清，石榴开遍透帘明。

白话 冬天来了，小溪水还在流淌着。

古诗文 溪深难受雪，山冻不流云。

白话 你听，有小虫子开始叫了。

古诗文 闻道新年入山里，蛰虫惊动春风起。

白话 牡丹花快开了。

古诗文 牡丹破萼樱桃熟，未许飞花减却春。

白话 起风了，天冷了。

古诗文 竹风轻动庭除冷，珠帘月上玲珑影。

白话 又是一个冬至日。

古诗文 邯郸驿里逢冬至，抱膝灯前影伴身。

白话 这是北京今年冬天最大的一场雪了。

古诗文 燕山雪花大如席，片片吹落轩辕台。

白话 天冷了，都开始下霜了。

古诗文 霜草苍苍虫切切，村南村北行人绝。

白话 过了处暑就没那么热了，知了也叫得不欢了。

古诗文 草间蛩响临秋急，山里蝉声薄暮悲。

白话 这天可真热，快来吃块西瓜解解暑。

古诗文 竹风荷雨来消暑，玉李冰瓜可疗饥。

白话 昨天在地里干活时，听见打雷了。

古诗文 昨夜春雷作，荷锄理南陂。

白话 今天是夏至，是白天最长的一天。

古诗文 昼晷已云极，宵漏自此长。

白话 杏花雨轻飘飘的，杨柳风软绵绵的。

古诗文 沾衣欲湿杏花雨，吹面不寒杨柳风。

白话 晚上的杏花真好看。

古诗文 东厢月，一天风露，杏花如雪。

白话 这地里一片片的，可真好看。

古诗文 梅子金黄杏子肥，麦花雪白菜花稀。

白话 荷叶冒出水面了。

古诗文 圆荷浮小叶，细麦落轻花。

白话 天凉了，大雁又要往南飞了。

古诗文 天长雁影稀，月落山容瘦。

白话 又到了看红叶的季节。

古诗文 清霜醉枫叶，淡月隐芦花。

白话 雪后山上都白了。

古诗文 隔牖风惊竹，开门雪满山。

白话 快入冬了。

古诗文 雨荒园菊枝枝瘦，霜染江枫叶叶丹。

白话 这一场雨下得好急。

古诗文 骤雨过，似琼珠乱撒，打遍新荷。

白话 开始下起了小雨。

古诗文 细雨鱼儿出，微风燕子斜。

白话 这雨下得真好听。

古诗文 柳外轻雷池上雨，雨声滴碎荷声。

白话 瞧这鹅毛大雪下的。

古诗文 天仙碧玉琼瑶，点点杨花，片片鹅毛。

白话 这笛子是谁吹的，响彻云霄。

古诗文 横笛闻声不见人，红旗直上天山雪。

白话 真是秋雨绵绵啊！

古诗文 秋阴不散霜飞晚，留得枯荷听雨声。

白话 这里就有一处村庄。

古诗文 竹篱茅舍，淡烟衰草孤村。

白话 这里的梅花开了，好香啊！

古诗文 孤涧月华明水，半帘梅影香风。

白话 风吹来了一阵花香。

古诗文 水晶帘动微风起，满架蔷薇一院香。

白话 西湖的风景真美。

古诗文 记取西湖西畔，正春山好处，空翠烟霏。

白话 眼前的瀑布像银河一样壮丽。

古诗文 瀑布风前千尺影，疑泻银河一派。

白话 看这春天的山上，绿绿的，还有白云。

古诗文 春晚绿野秀，岩高白云屯。

白话 华山真壮美！黄河也是！

古诗文 西岳峥嵘何壮哉，黄河如丝天际来。

白话 这里的风景不错！

古诗文 绿杨白鹭俱自得，近水远山皆有情。

白话 快看！大石河上有白鹭！

古诗文 水远烟微。一点沧洲白鹭飞。

白话 别看了，快回家吧！

古诗文 好山好水看不足，马蹄催趁明月归。

白话 仙气飘飘，美若仙境。

古诗文 灵山多秀色，空水共氤氲。

白话 阳光正好，江上风轻，一切都刚刚好。

古诗文 八月长江万里晴，千帆一道带风轻。

白话 乘风破浪，一路芬芳。

古诗文 水急客舟疾，山花拂面香。

白话 峰回路转，转角遇到爱。

古诗文 青山缭绕疑无路，忽见千帆隐映来。

白话 一曲悠扬，山水皆醉。

古诗文 舟浮十里芰荷香，歌发一声山水绿。

世间疾苦

白话 离愁就像被猫抓乱的毛线，断又断不了，理又理不清。

古诗文 剪不断，理还乱，是离愁。

白话 就此告别，鹏程万里。

古诗文 此地一为别，孤蓬万里征。

白话 不知道下次见面是什么时候。

古诗文 相思相见知何日，此时此夜难为情。

白话 又病又饿的，这可真是难上加难啊！

古诗文 舅姑老病毛发枯，忍饥忍寒蹲破庐。

白话 被困在生活的围城里，出不去。

古诗文 大道如青天，我独不得出。

白话 别人升职又加薪，我却在角落无人问津。

古诗文 今日逢君倍惆怅，灌婴韩信尽封侯。

白话 挫折在所难免，向前冲吧。

古诗文 长风破浪会有时，直挂云帆济沧海。

白话 这世上没人懂我。

古诗文 古调虽自爱，今人多不弹。

白话 和你还没喝够，你就要走了。

古诗文 晴烟漠漠柳毵毵，不那离情酒半酣。

白话 日子不好过啊！

古诗文 行路艰难不复歌，故人荣达我蹉跎。

白话 苦难总会过去，甜美的日子终将到来。

古诗文 千淘万漉虽辛苦，吹尽黄沙始到金。

白话 我的痛苦没人能懂。

古诗文 世间无限丹青手，一片伤心画不成。

白话 总算是好些了。

古诗文 病与穷阴退，春从血气生。

白话 人生没有过不去的坎儿。

古诗文 山高自有客行路，水深自有渡船人。

白话 身体不活动的话，会生病的。

古诗文 守静偏多病，争先素不能。

白话 年纪轻轻的，怎么一副体弱多病的样子？

古诗文 行年未四十，已觉百病生。

白话 有缘和无缘跟距离没有关系。

古诗文 有缘千里来相会，无缘对面不相逢。

白话 辛苦劳作，忙到何时是个头？

古诗文 雨足高田白，披蓑半夜耕。

白话 当兵的生活苦乐参半，欢乐旋律不停歇。

古诗文 从军有苦乐，此曲乐未央。

白话 身上的病痛有所缓解。

古诗文 病作日短至，病消秋气初。

白话 咱们都是漂泊在外的人，告别时心照不宣。

古诗文 与君离别意，同是宦游人。

白话 建功立业没那么容易。

古诗文 功名多向穷中立，祸患常从巧处生。

白话 长大后最容易习惯的是离别。

古诗文 数声风笛离亭晚，君向潇湘我向秦。

白话 和你分别那么久了，也不见你回来。

古诗文 阅尽天涯离别苦，不道归来，零落花如许。

白话 从此一别，就是一生。

古诗文 一阵孤军不复回，更无分别只荒堆。

白话 家人们，谁懂啊?

古诗文 欲将心事付瑶琴。知音少，弦断有谁听?

白话 乌云终将散去，光明终将到来。

古诗文 海压竹枝低复举，风吹山角晦还明。

白话 坦然面对困境。

古诗文 胜败兵家事不期，包羞忍耻是男儿。

白话 小小年纪就扛起了枪，胡子都白了才回家。

古诗文 十五从军征，八十始得归。

白话 总算是苦尽甘来。

古诗文 十年寒窗无人问，一举成名天下知。

白话 和好朋友总会再相见的。

古诗文 一曲清歌满樽酒，人生何处不相逢。

白话 聚散不由你我。

古诗文 本知人心不似树，何意人别似花离。

白话 苦命的织女到底是为给谁织布？

古诗文 织妇何太忙，蚕经三卧行欲老。

白话 历经磨难和考验，锻造出更坚强的自己。

古诗文 千锤万凿出深山，烈火焚烧若等闲。

白话 聚散离合是人生常态。

古诗文 燕去鸿方至，年年是别离。

白话 阳光总在风雨后，要积极面对生活。

古诗文 今日云归恰喜晴，小池忽见水纹生。

白话 和兄弟分别了，心里很难过。

古诗文 别期渐近不堪闻，风雨萧萧已断魂。

白话 时至今日仍在后悔当初轻易说再见。

古诗文 为谁醉倒为谁醒？到今犹恨轻离别。

白话 老师，我们已经分别十年了。

古诗文 十年不见老仙翁，壁上龙蛇飞动。

白话 妈，我走了，您别哭了。

古诗文 搴帷拜母河梁去，白发愁看泪眼枯。

白话 孤独是一个人的狂欢。

古诗文 花间一壶酒，独酌无相亲。

白话 不说了，都在酒里了。

古诗文 不用诉离觞，痛饮从来别有肠。

白话 曾经让你难过的事，总有一天会笑着说出口。

古诗文 古今多少事，都付笑谈中。

白话 我生病了。

古诗文 风威侵病骨，雨气咽愁肠。

白话 生病了，不能出去玩了。

古诗文 南陌春将晚，北窗犹卧病。

白话 奔波一生，口袋空空，肚子空空。

古诗文 行多有病住无粮，万里还乡未到乡。

白话 懒得打扮。

古诗文 羞日遮罗袖，愁春懒起妆。

白话 祝你以后健康、平安，就此别过。

古诗文 但令此身健，不作多时别。

白话 打工人四处漂泊，百病缠身，独上高台。

古诗文 万里悲秋常作客，百年多病独登台。

白话 安心是治病良方。

古诗文 因病得闲殊不恶，安心是药更无方。

白话 身体一天不如一天。

古诗文 一日日知添老病，一年年觉惜重阳。

白话 身体总有毛病，真是老了。

古诗文 莺花零落清明日，巾葛萧条老病翁。

白话 半死不活的，真没意思。

古诗文 半死梧桐老病身，重泉一念一伤神。

白话 年迈体衰，内心充满了忧虑。

古诗文 老病多异虑，朝夕非一心。

白话 大家都在拜年，而我生病了不能出门。

古诗文 云泥隔断拜年人，天自怜予老病身。

白话 分别是早晚的事，别叹气了。

古诗文 到君官舍欲取别，君惜我去频增嘻。

白话 这些问题真是令人头疼。

古诗文 心之忧矣，疢疾如首。

白话 累死我了。

古诗文 上帝板板，下民卒瘅。

白话 以前不懂，现在懂了。

古诗文 向前不信别离苦，而今自到别离处。

白话 思念成疾。

古诗文 愿言思伯，使我心痗。

白话 又是在秋天和你告别了。

古诗文 多情自古伤离别，更那堪、冷落清秋节！

白话 我的病已经好了。

古诗文 病起见庭竹，君应悲我情。

白话 没有人陪我，也没有人关心我。

古诗文 亲朋无一字，老病有孤舟。

白话 非常想家，偏偏我又在这个时候生病了。

古诗文 夜闻归雁生乡思，病入新年感物华。

白话 虽然病了，还好有你陪着。

古诗文 我病君来高歌饮，惊散楼头飞雪。

白话 都吃糠咽菜了，就别挑挑拣拣了。

古诗文 时挑野菜和根煮，旋斫生柴带叶烧。

白话 不吃读书的苦，就吃生活的苦。

古诗文 百千难过尚惊惕，三十岁前尤苦辛。

白话 真是祸不单行。

古诗文 身多疾病思田里，邑有流亡愧俸钱。

白话 我又老又病，没心情玩了。

古诗文 不道江南春不好，年年衰病减心情。

白话 年纪大了，零件虽旧，但还能运转，没大修，知足！

古诗文 身虽日渐老，幸无急病痛。

白话 我送送你。

古诗文 流水通波接武冈，送君不觉有离伤。

白话 兄弟，请留步！

古诗文 金陵子弟来相送，欲行不行各尽觞。

白话 别送了，回去吧！

古诗文 挥手自兹去，萧萧班马鸣。

白话 明年再来啊！

古诗文 春草明年绿，王孙归不归？

白话 我舍不得你走。

古诗文 欲问行人去那边？眉眼盈盈处。

白话 朋友，别哭！

古诗文 丈夫非无泪，不洒离别间。

白话 苦与乐到哪里都一样。

古诗文 试问岭南应不好，却道，此心安处是吾乡。

白话 分别了，就听不到你的消息了。

古诗文 忽作无期别，沈冥恨有余。

白话 苦中作乐吧！

古诗文 自古逢秋悲寂寥，我言秋日胜春朝。

白话 快走吧！一路平安！

古诗文 又送王孙去，萋萋满别情。

白话 坚强不屈。

古诗文 丈夫贵不挠，成败何足论。

白话 真不是个滋味！

古诗文 病起行不得，坐久情不舒。

白话 农民真苦。

古诗文 耕夫召募逐楼船，春草青青万顷田。

白话 生活好苦。

古诗文 可怜身上衣正单，心忧炭贱愿天寒。

白话 你还能有我苦？

古诗文 海水直下万里深，谁人不言此离苦？

白话 谁管老百姓苦不苦?

古诗文 兴，百姓苦；亡，百姓苦。

白话 一年辛苦下来，还是饥饿难耐。

古诗文 四海无闲田，农夫犹饿死。

白话 不知人间疾苦。

古诗文 时人不识农家苦，将谓田中谷自生。

白话 我难受得睡不着。

古诗文 病多知夜永，年长觉秋悲。

白话 你看你都病成啥样了。

古诗文 身如瘦鹤已伶俜，一卧兼旬更有零。

白话 回不去的从前，追不回的梦想。

古诗文 壮志病来消欲尽，出门搔首怆平生。

白话 穷到吃灰。

古诗文 家田输税尽，拾此充饥肠。

白话 生活就像一场秋风，吹得我凌乱又迷茫。

古诗文 今日秋风里，何乡一病翁！

白话 我心已死。

古诗文 心似已灰之木，身如不系之舟。

白话 生病的日子，床是我的孤岛，月亮是唯一的访客。

古诗文 病起萧萧两鬓华，卧看残月上窗纱。

朝花夕拾

白话 青春溜得快，快乐难久在。

古诗文 不辞青春忽忽过，但恐欢意年年谢。

白话 家是永远的避风港，而我却在港湾外流浪。

古诗文 人言落日是天涯，望极天涯不见家。

白话 神兽出笼早，抓紧放风筝。

古诗文 儿童散学归来早，忙趁东风放纸鸢。

白话 两小无猜，天真相伴。

古诗文 郎骑竹马来，绕床弄青梅。

白话 熊孩子在溪边剥莲蓬。

古诗文 最喜小儿亡赖，溪头卧剥莲蓬。

白话 小孩子学种瓜呢。

古诗文 童孙未解供耕织，也傍桑阴学种瓜。

白话 娃在树下正酣睡，牛儿悠闲到西边。

古诗文 童子柳阴眠正着，一牛吃过柳阴西。

白话 娃娃追蝴蝶，迷失在花间。

古诗文 儿童急走追黄蝶，飞入菜花无处寻。

白话 娃娃钓鱼，草里藏身。

古诗文 蓬头稚子学垂纶，侧坐莓苔草映身。

白话 杀我别用回忆刀。

古诗文 物是人非事事休，欲语泪先流。

白话 生活很苦，梦里很甜，让我再睡会儿。

古诗文 梦里不知身是客，一晌贪欢。

白话 常常想起年轻时玩得多美。

古诗文 常记溪亭日暮，沉醉不知归路。

白话 世间所有的相遇，都是久别重逢。

古诗文 正是江南好风景，落花时节又逢君。

白话 我们终将失去年少的自己。

古诗文 欲买桂花同载酒，终不似，少年游。

白话 初见时的美好，被时光摧残成了遗憾。

古诗文 人生若只如初见，何事秋风悲画扇。

白话 忘掉过去，重新开始。

古诗文 往者不可谏，来者犹可追。

白话 心疼回不了家的孩子。

古诗文 游子未能归，感慨心如捣。

白话 咱家乡那点事儿，你不得门儿清呀?

古诗文 君自故乡来，应知故乡事。

白话 越是过节的时候越想家。

古诗文 独在异乡为异客，每逢佳节倍思亲。

白话 大城市的万千霓虹，抵不过家乡一盏暖灯。

古诗文 他乡纵有当头月，不抵家山一盏灯。

白话 我想家了，家人应该也在想我吧。

古诗文 想得家中夜深坐，还应说着远行人。

白话 家书无处寄，相思有人知。

古诗文 吴树燕云断尺书，迢迢两地恨何如？

白话 啥都别说了，赶紧回家吧。

古诗文 行行无别语，只道早还乡。

白话 快到家了，心里好紧张，都不敢跟路人搭话。

古诗文 近乡情更怯，不敢问来人。

白话 浪迹他乡，一事无成。

古诗文 洛阳城里春光好，洛阳才子他乡老。

白话 望着故乡的方向，泪流满面。

古诗文 故园东望路漫漫，双袖龙钟泪不干。

白话 风是故乡的信差，吹来了我的乡愁。

古诗文 春风一夜吹乡梦，又逐春风到洛城。

白话 家乡的月，心中的念。

古诗文 露从今夜白，月是故乡明。

白话 无论走到哪里，家乡的影子总是如影随形。

古诗文 无端更渡桑干水，却望并州是故乡。

白话 故乡的一草一木，都是我思念的对象。

古诗文 故乡篱下菊，今日几花开？

白话 走得出故乡的圈，走不出故乡的念。

古诗文 仍怜故乡水，万里送行舟。

白话 故乡的小吃，是我舌尖上的乡愁。

古诗文 自古达人轻富贵，倒缘乡味忆还乡。

白话 又过了一年，啥时候才能回家啊?

古诗文 春风又绿江南岸，明月何时照我还?

白话 有一种思念叫故乡，有一种情怀叫落叶归根。

古诗文 鸟飞反故乡兮，狐死必首丘。

白话 回老家时，柳树像迎宾一般轻轻摇动。

古诗文 归期犹及柳依依。

白话 和家乡的亲人共赏这轮明月。

古诗文 海上生明月，天涯共此时。

白话 家里的信寄到哪里呢？

古诗文 乡书何处达？归雁洛阳边。

白话 音乐响起的那一刻，拨动了想家的心弦。

古诗文 此夜曲中闻折柳，何人不起故园情。

白话 到不了的地方叫远方，回不去的地方叫故乡。

古诗文 悠悠天宇旷，切切故乡情。

白话 离故乡越远，对故乡的思念越深。

古诗文 长江悲已滞，万里念将归。

白话 故乡的方言，是我最亲切的乡音。

古诗文 乡音近嶓岷，归梦绕松槚。

白话 看着明亮的月亮，想起了自己的家乡。

古诗文 举头望明月，低头思故乡。

白话 家乡那么远，什么时候能回去呢？

古诗文 故乡遥，何日去？

白话 懵懂天真的人类幼崽。

古诗文 幼女才六岁，未知巧与拙。

白话 放牛娃爱唱歌。

古诗文 牧童骑黄牛，歌声振林樾。

白话 下次见面，咱俩好好唠唠。

古诗文 何当共剪西窗烛，却话巴山夜雨时。

白话 故地重游，满满的都是回忆。

古诗文 旧游无处不堪寻。无寻处，惟有少年心。

白话 过去手拉手，现在难聚首。

古诗文 忆得旧时携手处，如今水远山长。

白话 美好的时光一去不返。

古诗文 无可奈何花落去，似曾相识燕归来。

白话 回忆中还有多少?

古诗文 春花秋月何时了，往事知多少?

白话 本想悄悄干坏事，奈何痕迹太明显。

古诗文 小娃撑小艇，偷采白莲回。不解藏踪迹，浮萍一道开。

白话 几个七八岁的小孩子，玩土又斗草，整天乐陶陶。

古诗文 髫龀七八岁，绮纨三四儿。弄尘复斗草，尽日乐嬉嬉。

白话 小时候想逃离的地方，是长大后再也回不去的地方。

古诗文 少小离家老大回，乡音无改鬓毛衰。儿童相见不相识，笑问客从何处来。

白话 年纪大了就爱怀旧。

古诗文 寥落古行宫，宫花寂寞红。白头宫女在，闲坐说玄宗。

人杰地灵

白话 你的美貌无人能比。

古诗文 秀色掩今古，荷花羞玉颜。

白话 才貌双全。

古诗文 表倾城之艳色，期有德于传闻。

白话 美得恰到好处。

古诗文 增之一分则太长，减之一分则太短。

白话 你好帅。

古诗文 郎艳独绝，世无其二。

白话 万人迷。

古诗文 一顾倾人城，再顾倾人国。

白话 你回头一笑，别的美女都成了背景板。

古诗文 回眸一笑百媚生，六宫粉黛无颜色。

白话 小女孩真好看。

古诗文 娉娉袅袅十三余，豆蔻梢头二月初。

白话 气质女神，风华绝代。

古诗文 北方有佳人，绝世而独立。

白话 美得超凡脱俗。

古诗文 羽衣常带烟霞色，不染人间桃李花。

白话 美得跟月亮似的，招人喜欢。

古诗文 眉目艳皎月，一笑倾城欢。

白话 芙蓉在你面前都黯然失色。

古诗文 芙蓉不及美人妆，水殿风来珠翠香。

白话 眼神带电，气场飘香。

古诗文 顾盼遗光彩，长啸气若兰。

白话 美得冒泡，白得发光！

古诗文 眉如翠羽，肌如白雪，腰如束素，齿如含贝。

白话 唇红齿白。

古诗文 丹唇外朗，皓齿内鲜。

白话 你笑起来真好看。

古诗文 巧笑倩兮，美目盼兮。

白话 肤白貌美。

古诗文 垆边人似月，皓腕凝霜雪。

白话 素颜女神。

古诗文 清水出芙蓉，天然去雕饰。

白话 好看又有才华。

古诗文 气质美如兰，才华馥比仙。

白话 见人好害羞。

古诗文 和羞走，倚门回首，却把青梅嗅。

白话 像花一样的女子。

古诗文 红脸如开莲，素肤若凝脂。

白话 气质这块儿拿捏得死死的。

古诗文 青袍美少年，黄绶一神仙。

白话 氛围感美女。

古诗文 依旧桃花面，频低柳叶眉。

白话 花仙本仙。

古诗文 荷叶罗裙一色裁，芙蓉向脸两边开。

白话 人比花娇，惊艳了春光。

古诗文 云想衣裳花想容，春风拂槛露华浓。

白话 漫画手，牛奶肌。

古诗文 手如柔荑，肤如凝脂。

白话 春风十里不如你。

古诗文 春风十里扬州路，卷上珠帘总不如。

白话 女神范十足，美貌与气质并存。

古诗文 态浓意远淑且真，肌理细腻骨肉匀。

白话 身姿曼妙如仙子下凡。

古诗文 翩若惊鸿，婉若游龙。

白话 高冷女神。

古诗文 绝代有佳人，幽居在空谷。

白话 睹物思人，泪如雨下。

古诗文 芙蓉如面柳如眉，对此如何不泪垂。

白话 帅气又聪明。

古诗文 翩翩我公子，机巧忽若神。

白话 优秀女孩，十分喜爱。

古诗文 窈窕淑女，君子好逑。

白话 我要去约会了。

古诗文 静女其姝，俟我于城隅。

白话 岁月是把杀猪刀。

古诗文 最是人间留不住，朱颜辞镜花辞树。

白话 全能女神。

古诗文 有妇谁能似尔贤，文章操行美俱全。

白话 我学富五车，才不要在底层混日子。

古诗文 腹中贮书一万卷，不肯低头在草莽。

白话 内向的人出门。

古诗文 千呼万唤始出来，犹抱琵琶半遮面。

白话 越优秀，越低调。

古诗文 谦谦君子，卑以自牧。

白话 大神学架构，小白仿话术。

古诗文 才高者菀其鸿裁，中巧者猎其艳辞。

白话 喝最烈的酒，写最狂的诗。

古诗文 李白斗酒诗百篇，长安市上酒家眠。

白话 孤独的灵魂千篇一律，会喝酒的人万里挑一。

古诗文 古来圣贤皆寂寞，惟有饮者留其名。

白话 英雄的故事成过往，只剩回忆在风中凌乱。

古诗文 苏武魂销汉使前，古祠高树两茫然。

白话 这世界就像开盲盒似的，一代一代总有优秀的人冒出来。

古诗文 江山代有才人出，各领风骚数百年。

白话 宁可雪中送炭，不要锦上添花。

古诗文 君子周急不继富。

白话 气质无与伦比。

古诗文 粗缯大布裹生涯，腹有诗书气自华。

白话 晨起的默片时光。

古诗文 无言匀睡脸，枕上屏山掩。

白话 哭死，根本说不出话来。

古诗文 执手相看泪眼，竟无语凝噎。

白话 扬扬自得。

古诗文 春风得意马蹄疾，一日看尽长安花。

白话 聪明反被聪明误。

古诗文 机关算尽太聪明，反算了卿卿性命。

白话 完事走人。

古诗文 事了拂衣去，深藏身与名。

白话 雨过天晴，美极了！

古诗文 东风收积雨，旭日丽江城。

白话 勇冠三军。

古诗文 一身转战三千里，一剑曾当百万师。

白话 满眼都是大人物。

古诗文 虎鼓瑟兮鸾回车，仙之人兮列如麻。

白话 勇猛杀敌。

古诗文 壮志饥餐胡虏肉，笑谈渴饮匈奴血。

白话 昨日瞧不上，今日攀不了。

古诗文 时人不识凌云木，直待凌云始道高。

白话 山川虽异，皆有其美。

古诗文 云来山更佳，云去山如画。

白话 这湖和山是两个戏精，晴天时出来晒美貌，雨天时就玩神秘。

古诗文 水光潋滟晴方好，山色空蒙雨亦奇。

白话 水在那里抛媚眼，山在这里装忧愁。

古诗文 水是眼波横，山是眉峰聚。

白话 读书太多，一拿起笔灵感就迸发出来了。

古诗文 读书破万卷，下笔如有神。

白话 智商超高，决策无忧。

古诗文 理识明赡，决断如流。

白话 一方水土养一方人。

古诗文 橘生淮南则为橘，生于淮北则为枳。

白话 洛阳牡丹，花中之王。

古诗文 洛阳地脉花最宜，牡丹尤为天下奇。

白话 小哥哥，潇洒又帅气！

古诗文 宗之潇洒美少年，举觞白眼望青天，皎如玉树临风前。

白话 美景配美酒，吟诗乐不够。

古诗文 此地有崇山峻岭，茂林修竹，又有清流激湍，映带左右，引以为流觞曲水，列坐其次。虽无丝竹管弦之盛，一觞一咏，亦足以畅叙幽情。

人间烟火

白话 集市好热闹。

古诗文 鱼盐满市井，布帛如云烟。

白话 早晨，鱼市的人们忙碌着。

古诗文 城边鱼市人早行，水烟漠漠多棹声。

白话 集上有卖丝织品和酒的。

古诗文 红袖织绫夸柿蒂，青旗沽酒趁梨花。

白话 傍晚的渔村，有肉吃，有酒喝。

古诗文 吹火煮鱼倾浊酒，半规斜日照黄昏。

白话 黄昏时分，江边摊贩卖鱼忙。

古诗文 好是日斜风定后，半江红树卖鲈鱼。

白话 卖鱼的回家了。

古诗文 落花水香茅舍晚，断桥头卖鱼人散。

白话 夜市上各种物品应有尽有。

古诗文 夜市卖菱藕，春船载绮罗。

白话 商贩告诉我，前面有集市。

古诗文 犹有小船来卖饼，喜闻墟落在山前。

白话 美丽繁华的夜晚。

古诗文 彩舫笙箫吹落日，画楼灯烛映残霞。

白话 房屋高低错落，这城市太美了！

古诗文 烟柳画桥，风帘翠幕，参差十万人家。

白话 安静的村庄。

古诗文 柴门寂寂黍饭馨，山家烟火春雨晴。

白话 城镇很清净，来往的车马不多。

古诗文 车辙马蹄疏市井，花光竹影照门墙。

白话 天亮了，城市热闹起来了。

古诗文 平明四城开，稍见市井喧。

白话 梅子熟了，竹笋高了。

古诗文 窗间梅熟落蒂，墙下笋成出林。

白话 山光水秀，人们勤劳富裕。

古诗文 山果熟，水花香，家家风景有池塘。

白话 丰收时节，忙得脚不沾地。

古诗文 梅子青，梅子黄，菜肥麦熟养蚕忙。

白话 丰收了，青蛙也来凑热闹。

古诗文 稻花香里说丰年，听取蛙声一片。

白话 物阜民丰。

古诗文 鹅湖山下稻粱肥，豚栅鸡栖半掩扉。

白话 丰盛的宴席。

古诗文 新糯酒香橙藕芽，锦鳞鱼紫蟹红虾。

白话 美食能治愈一切。

古诗文 雪沫乳花浮午盏，蓼茸蒿笋试春盘。

白话 两菜一汤，就饼更香！

古诗文 鲈肥菰脆调羹美，荞熟油新作饼香。

白话 蔬菜很新鲜。

古诗文 韭黄照春盘，菰白媚秋菜。

白话 蟹肥膏满，配酒极佳，不禁多吃了几碗饭！

古诗文 半壳含黄宜点酒，两螯斫雪劝加餐。

白话 筒粽香，烤鹅鲜。

古诗文 粽香筒竹嫩，炙脆子鹅鲜。

白话 鲫鱼香芹汤，真好喝。

古诗文 鲜鲫银丝脍，香芹碧涧羹。

白话 吃素过冬。

古诗文 闭门懒吃花猪肉，烧笋烹泉过一冬。

白话 鱼肥，笋香。

古诗文 长江绕郭知鱼美，好竹连山觉笋香。

白话 洗锅，添水，小火慢炖。

古诗文 净洗铛，少著水，柴头罨烟焰不起。

白话 美食在哪儿，我的心就在哪儿。

古诗文 日啖荔枝三百颗，不辞长作岭南人。

白话 人间不值得，但美食值得。

古诗文 人间定无可意，怎换得、玉鲙丝莼。

白话 早上起来先吃两碗饭，吃得饱饱的，我才不管别人怎么看呢。

古诗文 早晨起来打两碗，饱得自家君莫管。

白话 一个菜，一碗饭，足矣。

古诗文 笋香远透千竿竹，饭熟偏甘一味蔬。

白话 一汤一饭，美味无穷。

古诗文 长丝出鬴莼羹美，白雪翻匙稻饭香。

白话 简单吃一口。

古诗文 盘飧市远无兼味，樽酒家贫只旧醅。

白话 太饿了，狼吐虎咽地吃起来。

古诗文 老夫饥来不可那，只要鹘仑吞一个。

白话 豆粥暖身又暖心，咱俩一起吃，味道好极了！

古诗文 豆粥能驱晚瘴寒，与公同味更同餐。

白话 隔壁粥熟了，去蹭饭。

古诗文 卧听鸡鸣粥熟时，蓬头曳履君家去。

白话 与你共享这粗茶淡饭。

古诗文 淹留膳茶粥，共我饭蕨薇。

白话 天气真好，回家吃饭。

古诗文 好是秋晴风日美，饭香云子炊如玉。

白话 水乡蓬舍，以鱼稻为食。

古诗文 水为乡，蓬作舍，鱼羹稻饭常餐也。

白话 自己种地，陋室也可做出美味。

古诗文 我昔在田间，寒庖有珍烹。

白话 那家人在做饭。

古诗文 暧暧远人村，依依墟里烟。

白话 家里舒服，不想出门。

古诗文 溪柴火软蛮毡暖，我与狸奴不出门。

白话 别来烦我，我只想静静地待在家里。

古诗文 外事休关念，灰心独闭门。

白话 大门不出，二门不迈。

古诗文 莺衔蝶弄红芳尽，此日深闺那得知。

白话 赖床一时爽，一直赖床一直爽。

古诗文 卧听冬冬衙鼓声，起迟睡足长心情。

白话 别睡了，出去玩儿。

古诗文 昼短苦夜长，何不秉烛游。

白话 睡个懒觉，美似神仙。

古诗文 草堂春睡足，窗外日迟迟。

白话 最靠谱的事儿：喝尽兴、玩尽兴、睡到自然醒！

古诗文 而今何事最相宜，宜醉宜游宜睡。

白话 我喝高了要睡了，你先走吧，明天继续玩。

古诗文 我醉欲眠卿且去，明朝有意抱琴来。

白话 醉得一塌糊涂。

古诗文 醉后不知天在水，满船清梦压星河。

白话 独自一人在月下喝酒。

古诗文 举杯邀明月，对影成三人。

白话 该喝就喝，及时行乐。

古诗文 莫思身外无穷事，且尽生前有限杯。

白话 借酒消愁。

古诗文 何以解忧？唯有杜康。

白话 有酒就喝，及时行乐。

古诗文 遇酒且呵呵，人生能几何。

白话 吴地女神热情好客，速来喝一壶！

古诗文 风吹柳花满店香，吴姬压酒劝客尝。

白话 赏花，喝酒，真是痛快！

古诗文 落花踏尽游何处，笑入胡姬酒肆中。

白话 该吃吃，该喝喝，啥事别往心里搁。

古诗文 饥时饭，饱时茶，困即齁齁睡。

白话 写写字，喝喝茶，开心一秒是一秒。

古诗文 矮纸斜行闲作草，晴窗细乳戏分茶。

白话 该吃吃，该睡睡，闲时方觉生活美。

古诗文 醉饱高眠真事业，此生有味在三余。

白话 吃饱，玩好，没有烦恼。

古诗文 身健在，且加餐。舞裙歌板尽清欢。

白话 吃饱了，躺着赏月。

古诗文 归来饱饭黄昏后，不脱蓑衣卧月明。

白话 吃饭、睡觉，人生美好。

古诗文 一餐终日饱，一寝至夜安。

白话 唯有美食与睡眠不可辜负。

古诗文 我平生不足，惟饭与睡耳。

白话 生活真惬意。

古诗文 井放辘轳闲浸酒，笼开鹦鹉报煎茶。

白话 又是平淡的一天。

古诗文 结庐在人境，而无车马喧。

白话 学会享受生活。

古诗文 两人对酌山花开，一杯一杯复一杯。

白话 游山玩水，悠闲自在。

古诗文 行到水穷处，坐看云起时。

白话 给田间劳作的家人送饭。

古诗文 妇姑荷箪食，童稚携壶浆。

白话 从早忙到晚。

古诗文 昼出耘田夜绩麻，村庄儿女各当家。

白话 我烧水做饭，你烧荒种田。

古诗文 银钏金钗来负水，长刀短笠去烧畲。

白话 地荒了。

古诗文 种豆南山下，草盛豆苗稀。

白话 池中养鹤，田里养猪。

古诗文 小池聊养鹤，闲田且牧猪。

白话 早起出门，逍遥自在。

古诗文 晨起竹轩外，逍遥清兴多。

白话 谁在窗外下棋？搅扰了我的美梦。

古诗文 碧纱窗下水沉烟，棋声惊昼眠。

白话 出游结束，各自回家。

古诗文 游人日暮相将去，醒醉喧哗。

白话 赶集回来了。

古诗文 青箬裹盐归峒客，绿荷包饭趁虚人。

白话 很晚才回家。

古诗文 灯前笑说归来夜，明月随船送到家。

白话 孩子在门口等家人回家。

古诗文 归人望烟火，稚子候檐隙。

白话 一家人相互搀扶着回家。

古诗文 媪引浓妆女，儿扶烂醉翁。

白话 这样高妙的曲子，一般人听不到。

古诗文 此曲只应天上有，人间能得几回闻。

白话 有钱，任性。

古诗文 家有千金，行止由心。

白话 两个儿子真勤快。

古诗文 大儿锄豆溪东，中儿正织鸡笼。

白话 孩子真调皮。

古诗文 呼童烹鸡酌白酒，儿女嬉笑牵人衣。

白话 梨枣挂满枝，小孩儿抄起长竿偷果子。

古诗文 西风梨枣山园，儿童偷把长竿。

白话 无事可做，看孩子玩闹。

古诗文 日长睡起无情思，闲看儿童捉柳花。

白话 有妻、子相伴，真幸福。

古诗文 老妻画纸为棋局，稚子敲针作钓钩。

白话 倚在一起赏雪。

古诗文 促足相依偎，静闻雪落无痕。

白话 屋里炉火旺，饭菜香飘四溢，简直是吃货的天堂！

古诗文 密宇深房小火炉，饭香鱼熟近中厨。

白话 寒夜的热茶比酒更暖心。

古诗文 寒夜客来茶当酒，竹炉汤沸火初红。

白话 黄粱饭飘香，田园诗般的生活。

古诗文 夜雨剪春韭，新炊间黄粱。

白话 受邀到农家做客。

古诗文 故人具鸡黍，邀我至田家。

白话 闲唠会儿。

古诗文 开轩面场圃，把酒话桑麻。

白话 朋友爽约了。

古诗文 有约不来过夜半，闲敲棋子落灯花。

白话 邻里和睦。

古诗文 蚕娘洗茧前溪绿，牧童吹笛和衣浴。

白话 隔壁老王娶媳妇，对门老李家闺女回娘家，热闹极了！

古诗文 东家娶妇，西家归女，灯火门前笑语。

白话 别传闲话。

古诗文 逢人不说人间事，便是人间无事人。

白话 想退休。

古诗文 不用名山访真诀，退休便是养生方。

白话 撂挑子不干了。

古诗文 弃置罢官去，还家自休息。

白话 愁啊愁，白了头。

古诗文 问君能有几多愁？恰似一江春水向东流。

白话 躺平式生活，能不动就不动。

古诗文 枕上欠伸犹懒起，更听檐外雨珊珊。

白话 你是夜空烟花雨，最动我心弦。

古诗文 东风夜放花千树，更吹落、星如雨。

白话 忙里偷闲，尽享生活之美。

古诗文 东园载酒西园醉，摘尽枇杷一树金。

白话 稻子香，槿花开，青竹茂。

古诗文 十里西畴熟稻香，槿花篱落竹丝长。

白话 人生在世，火锅二字，一口下去，烦恼全逝。

古诗文 围炉聚炊欢呼处，百味消融小釜中。

古今一笑

白话 梦里啥都有，醒来不如狗。

古诗文 梦绕云山心似鹿，魂飞汤火命如鸡。

白话 我笨你丑，咱俩真般配。

古诗文 我事事村，他般般丑。

白话 目标皆未实现，两人都很差劲。

古诗文 我未成名卿未嫁，可能俱是不如人。

白话 满肚子墨水，兜比脸干净。

古诗文 腹内诗书存千卷，床头金银无半文。

白话 不是不努力，是根本看不上。

古诗文 诗万首，酒千觞，几曾着眼看侯王？

白话 别扶我，只想摆烂。

古诗文 玉楼金阙慵归去，且插梅花醉洛阳。

白话 我认怂，不挑事儿。

古诗文 相打长伏弱，至死不入县。

白话 收藏从未停止，阅读从未开始。

古诗文 架上非无书，眼慵不能看。

白话 读书人无用武之地。

古诗文 十有九人堪白眼，百无一用是书生。

白话 小丑竟是我自己。

古诗文 我本将心向明月，奈何明月照沟渠。

自话 穷，怕人笑话。

古诗文 囊空恐羞涩，留得一钱看。

自话 想请你喝酒，兜里却没钱。

古诗文 欲邀击筑悲歌饮，正值倾家无酒钱。

自话 以泉水代酒，敬你。

古诗文 送行无酒亦无钱，劝尔一杯菩萨泉。

自话 弄点儿小酒小菜，自我安慰。

古诗文 草草杯盘聊自适，不管家徒四壁。

自话 穷开心，粥充饥，酒债累累，心态好得很！

古诗文 满径蓬蒿老不华，举家食粥酒常赊。

白话 唉声叹气，感觉要秃。

古诗文 朝亦嗟发落，暮亦嗟发落。

白话 头发渐疏，帽子戴不住。

古诗文 年去年来自如削，白发零落不胜冠。

白话 又病又懒，毫无用处。

古诗文 病是近来身，懒是从前我。

白话 一切与我无关。

古诗文 身寄虚空如过客，心将生灭是浮云。

白话 一年到头白忙活。

古诗文 役役为人劳，衣食还自空。

白话 总爱自嘲，名不符实，半辈子都在哄骗。

古诗文 时自笑，虚名负我，半生吟啸。

白话 到头来，一场空。

古诗文 十年一觉扬州梦，赢得青楼薄幸名。

白话 年纪虽老，无碍发疯。

古诗文 欲填沟壑唯疏放，自笑狂夫老更狂。

白话 就算生活不如意，明天我也要扬帆起航。

古诗文 人生在世不称意，明朝散发弄扁舟。

白话 想当年，我也是帅小伙！

古诗文 回首长安佳丽地。三十年前，我是风流帅。

白话 用榆钱买酒喝。

古诗文 道傍榆荚仍似钱，摘来沽酒君肯否？

白话 醉中误把松树当成人。

古诗文 只疑松动要来扶，以手推松曰去。

白话 佳人轻问："我和花儿谁更美？"

古诗文 问郎花好奴颜好？郎道不如花窈窕。

白话 说好借钱给我，怎么没动静了？

古诗文 为问彭州牧，何时救急难？

白话 都在涨价，只有稿费不涨。

古诗文 世间万事都增价，老了文章不值钱。

白话 妻子一声吼，拐杖就脱手。

古诗文 忽闻河东狮子吼，拄杖落手心茫然。

白话 我身上没泥，轻点儿搓。

古诗文 轻手，轻手，居士本来无垢。

白话 感谢破帽不弃之恩。

古诗文 酒力渐消风力软，飕飕。破帽多情却恋头。

白话 八月梨枣熟，疯狂上树嗨翻天。

古诗文 庭前八月梨枣熟，一日上树能千回。

白话 放过自己吧，累得脱相了。

古诗文 借问别来太瘦生，总为从前作诗苦。

白话 我乃嗜睡郎。

古诗文 臣爱睡，臣爱睡。不卧毡，不盖被。

白话 在书堆啃书。

古诗文 堆几尽埃简，攻之如蠹虫。

白话 书能当饭吃。

古诗文 不是老夫朝不食，半山绝句当朝餐。

白话 有地儿栖身即可，何必整日背着。

古诗文 老鹤高飞，一枝投宿，长笑蜗牛戴屋行。

白话 睡得太沉，根本叫不醒。

古诗文 家童鼻息已雷鸣。敲门都不应，倚杖听江声。

白话 春虽来，风未到。

古诗文 人人夸你春来早，欠我风筝五丈风。

白话 春天要无情地离开了，很是懊恼。

古诗文 三月正当三十日，风光别我苦吟身。

白话 古人不知我疏狂，甚是遗憾。

古诗文 不恨古人吾不见，恨古人不见吾狂耳。

白话 你笑我疯，我笑你傻。

古诗文 别人笑我忒风颠，我笑他人看不穿。

白话 我发起疯来，连自己都怕。

古诗文 一拳拳倒黄鹤楼，一踢踢翻鹦鹉洲。

白话 我自疏狂，任他嘲笑。

古诗文 旁观拍手笑疏狂，疏又何妨，狂又何妨？

白话 按我说的做，存在即合理。

古诗文 他年我若为青帝，报与桃花一处开。

白话 管他三七二十一，我开心就好。

古诗文 行为偏僻性乖张，那管世人诽谤。

白话 你有你的精彩，我有我的自在。

古诗文 你荣华，我自关门睡。

白话 为官清廉，免遭诟病。

古诗文 清风两袖朝天去，免得闾阎话短长。

白话 这世界不懂我，我也不想懂这世界。

古诗文 世与我而相违，复驾言兮焉求？

白话 终究是我一个人扛下了所有。

古诗文 两脚踢翻尘世路，一肩担尽古今愁。

白话 不开心，没兴致。

古诗文 试灯无意思，踏雪没心情。

白话 回家种地去吧！

古诗文 时事且未达，归耕汶水滨。

白话 贪生怕死之徒。

古诗文 去贼七百里，隈墙独自战。

白话 多读点儿书，做个人吧！

古诗文 人不通今古，马牛而襟裾。

白话 我看你病得不轻。

古诗文 君有疾在腠理，不治将恐深。

白话 坏消息：我病了。好消息：我瘦了。

古诗文 比来一病轻如燕，扶上雕鞍马不知。

白话 烂泥扶不上墙。

古诗文 朽木不可雕也，粪土之墙不可杇也！

白话 欲望无极限。

古诗文 若非此人大限到，上到天上还嫌低。

白话 油嘴滑舌，厚脸皮！

古诗文 巧言如簧，颜之厚矣。

白话 就这点儿伎俩？可笑！

古诗文 禽兽之变诈几何哉？止增笑耳。

白话 小人得志。

古诗文 子系中山狼，得志便猖狂。

白话 不知天高地厚。

古诗文 蚍蜉撼大树，可笑不自量。

白话 欠揍的家伙。

古诗文 蚊虫遭扇打，只为嘴伤人。

白话 自寻死路。

古诗文 幸无白刃驱向前，何用将身自弃捐。

白话 势利眼。

古诗文 眼睛长在屁股上，只认衣冠不认人。

白话 倚老卖老，为老不尊。

古诗文 老而不死，是为贼。

白话 无知而不自知。

古诗文 来来往往一首诗，鲁班门前弄大斧。

白话 无能之辈。

古诗文 十四万人齐解甲，更无一个是男儿！

白话 表里不一，外强中干。

古诗文 纵然生得好皮囊，腹内原来草莽。

白话 张牙舞爪，徒有其表。

古诗文 眼前道路无经纬，皮里春秋空黑黄。

白话 得势便张狂。

古诗文 乱条犹未变初黄，倚得东风势便狂。

白话 爱嚼舌根子的人。

古诗文 来说是非者，就是是非人。

白话 没事找事。

古诗文 天下本无事，庸人自扰之。

白话 不能与这小子共谋大事。

古诗文 竖子不足与谋！

白话 这人不值一提。

古诗文 斗筲之人，何足算也！

白话 世界没你照样转。

古诗文 尔曹身与名俱灭，不废江河万古流。

白话 总有一天让你们高攀不起。

古诗文 塞上纵归他日马，城东不斗少年鸡。

白话 休想拿捏我。

古诗文 白鸥没浩荡，万里谁能驯。

白话 没脸没皮的家伙！

古诗文 相鼠有皮，人而无仪。人而无仪，不死何为？

白话 就是个花架子，一戳就破，中看不中用。

古诗文 墙上芦苇，头重脚轻根底浅。山间竹笋，嘴尖皮厚腹中空。

白话 贪得无厌。

古诗文 鹌鹑嗉里寻豌豆，鹭鸶腿上劈精肉，蚊子腹内刳脂油。亏老先生下手！

白话 群魔乱舞。

古诗文 五眼鸡岐山鸣凤，两头蛇南阳卧龙，三脚猫渭水飞熊。
